„sprich nur ein wort,
so wird meine seele gesund"
(Matthäus 8:8)

jo schäfer [hrsg.]

## sylka kramer

philosophische gedichte

# denken, nichtdenken, ich und nichtich

Bibliografische Information
der Deutschen Nationalbibliothek:
Die Deutsche Nationalbibliothek verzeichnet diese Publikation
in der Deutschen Nationalbibliografie; detaillierte bibliografische
Daten sind im Internet über http://dnb.dnb.de abrufbar.

Herausgeber: Jo Schäfer
Umschlagfoto: Sylka Kramer
Gestaltung: Jo Schäfer
Herstellung, Verlag: BoD – Books on Demand, Norderstedt
ISBN: 9-783-7347-4329-0

## dicht-ich

## nicht-ich

**licht-ich**

dicht-ich

## bin ich dichter

bin ich dichter, weil ich dichte
bin ich dichter, weil ich bin
bin ich lichter, weil ich lichte
oder weil ich anders bin

bin ich leser oder hörer
bin ich leser, weil ich hör
bin ich stärker oder störer
oder stärk ich, weil ich stör

bin ich wecker oder wächter
bin ich wächter, weil ich wach
bin ich wacher nach gelächter
oder weil ich selber lach

bin ich leben oder sterben
bin ich werden oder sein
bin ich, war ich, werd ich werden
was ich wollt geworden sein

ward geworden, weil ich schlichte
zu dem dichter, den man hört
oder weil ich manchmal richte
und laut sage, was mich stört

wie auch immer ich gewesen
sagt, ich war, mal hier, mal dort
sagt, ich hörte, hab gelesen
hab gelacht und bin nun fort.

**nicht-ich**

## ich-pflicht

schlicht ich mich
bricht sicht sich

schlicht ich mich nicht
sicht ich mich nicht

sicht ich mich
bricht schicht sich

sicht ich mich nicht
schicht ich mich nicht

schicht ich mich
bricht licht sich

schicht ich mich nicht
licht ich mich nicht

licht ich mich
bricht pflicht sich

licht ich mich nicht
spricht pflicht mich schlicht dicht.

## das ich

zu diesem ich-wesen
genannt mensch

mit geburtsort
geburtsnamen versehen

gehört auch
ein ich-denken

über jahrtausende
gepflegt

dient es dem überleben
und der illusion

dass leben ohne ich
denken, sagen

nicht möglich sei
dem menschen

und was ist dann
mit den neugeborenen

den alten, vergessenden
den geistig stummen

sind diese wesen
nicht mensch, nichtich

wozu also ich-denken
wenn dieses ich

auch existiert
ohne ich-gedanken

wozu sich aufhalten
mit namen, geburtsorten

berufsbezeichnungen
und altersangaben

wenn ohne all diese
gedanken

das herz das herz erblickt
eines jeden

alten, jungen
undenkbaren wesens

und gedanken und gesicht
in die sonne hält.

**ego und es ist**

das ego blickt durch
und das andere nicht
licht blickt nicht durch
es ist

das ego ist stark
und das andere nicht
gesetzmäßigkeit ist nicht stark
es ist

das ego hat erfolg
und das andere nicht
wahrheit hat keinen erfolg
es ist

das ego ist besonders
und das andere nicht
gott ist nicht besonders
es ist

das ego tut seine pflicht
und das andere nicht
liebe tut keine pflicht
es ist

das ego ist satt
und das andere nicht
anmut ist nicht satt
es ist

das ego sucht glück
und das andere nicht
frieden sucht kein glück
es ist

das ego hat recht
und das andere nicht
himmel hat kein recht
es ist

das ego ist wichtig
und das andere nicht
das eine all ist nicht wichtig
es ist.

**was ich ist**

was ist dieses ich

wenn es kein meister ist
kein lehrer, kein schüler

was ist dieses ich

das den weg nicht weiß
und den weg weist

was ist dieses ich

wenn nicht licht
und nicht nacht

ist dieses ich

doch in allem
erinnerung.

**kein weg**

es gibt keinen weg
zu finden

weil es keinen
zu suchen gibt

ich bin der weg selbst

ich kann ihn leben
und mich weg

sein lassen
wie ich bin.

**den weg leben**

den weg suchen
ist irren

den weg gehen
ist bemühen

der weg sein
ist weisheiten.

**höre das hören**

höre mit dem denken auf
und höre mit dem hören an
und höre zu dem hören

und gehöre dem hören

im aufhören und zuhören
und das hören anhören
ist im hineinhören hingehörtes

hörendsein.

**das ego I**

das ego „weiß“
und das andere entfaltet sich
von selbst

offen-bart sich

zeigt sich frei
von wissen, denken

frei von eigenheiten
eigenschaften

eigen-bewegungen
wie emotionen

habenwollen, seinwollen
lust, last

die schmetterlingsflügel
ruhen in der sonne

sie zeigen

da ist wärme
da ist schönheit
da ist licht

das ego weiß es besser
das ego schreit laut auf

wenn sich stirn, herz, atem
zu füßen eines jeden neigen.

## das ego II

das ego lebt
in der vergangenheit
in der zukunft, denkt sich
zeit, stunden, uhren

zählt monde, gezeiten
sonnenauf-und-untergänge
meidet die gegenwart
meidet das dasein

liebt das planen
die hoffnung, das wissen
um wenn-dann, glaubt
an ursache, wirkung

rechtfertigt angst
verteidigt
lehnt ab
weiß

mit den flügeln in der sonne
gibt es keine furcht
und keine hoffnungslosigkeit

und das ego
das die hoffnung liebt
hält an wolken und schatten fest

wenn die sonne nur sonne ist
braucht es das ego nicht

und das ego hat angst
vor dem tod, angst
vor dem schmetterlingsdasein
dem leben ohne nahrung
und sorgen
und dem sein
ohne
wozu und wohin

im angesicht der sonne
denkt das ego
an ei, larve, kokon
die muffigen
dunklen tage
die jederzeit
wiederkommen
können

so glaubt es
fest daran

die zukunft
planen zu müssen.

## gedankenbollwerke

die lebenskraft
sprudelt

aus gebirgsschmelze
und frühling

ein fluss

der hinab ins meer
sich ergießen will

aufgehen dem weiten
ozean

was hält ihn auf?

technisches befragen
wie dies zu bändigen sei

einer staumauer gleich
an der alles zerschellt

der weg ist abgeschnitten

fluss, strömen
leben, kraft

der frühling
ertränkt die flur

statt das meer
zu berühren

so sind
gedankenbollwerke

wehre des lebensstroms.

**der versuch**

versucht
haben es also
die physiker

das elektron
durch die wand
zu schicken

und zack!
ging es
durch die wand

und ich mensch
aus elektronen gehe nicht
durch die wand

warum?

vielleicht habe ich es
nur noch nicht
versucht.

**das denken**

vorgestern
ein raum

denken
dachte ich

es ging
das denken

in den zeiten
fluss

gestern, morgen
wieder ein raum

ging es
dachte ich

das denken.

## zeitlos

vertreibe ich
die stunden

vertreibe ich
die mitte

die aus
stundenlosigkeit

wohnt

im ursprung
der zeit.

**kristall**

der anklang
im gestein

ist der widerhall
eingegossener ewigkeit

ich lausche
seinem ton.

**stunden**

stunden ziehen
dem vorüber

der stunden zu teilen
gewohnt mit der uhr

die stunden
stundet.

**krieg**

ein könig
ist ein könig

weil die diener
ihn ernannten

und die krieger
dienten

und die völker
verlangten

nach krieg.

**berg**

wenn ich oben stehe auf dem berg
und schaue hinunter auf den berg
schaue ich gleichsam hinauf
denn bin ich oben auf dem berg
bin ich auch unten
und bin ich unter dem berg
bin ich berg selbst

in finsternis begraben
bin ich teil des berges
und trage finsternis und berg
in mir

ich stehe auf dem berg
und schaue hinauf.

## ansichten

und in der nacht
ertönte der schrei
eines menschenkindes
das in schmerzen litt
und raum und zeit füllte sich
voll tränen und voll mitgefühl

und in der nacht
ertönte der schrei
eines menschenkindes
das sich das leben nahm
und raum und zeit füllte sich
voll schrecken und voll klagelied

und in der nacht
ertönte der schrei
eines menschenkindes
das geboren ward
und raum und zeit füllte sich
voll freude und voll lobgesang.

## platons höhle

dem, der gegangen war
vor der zeit

dem, der gekommen ist
in der zeit

dem, der bleibt und schaut
aus der zeit

von zeit zu zeit
erinnerungen sammelt

herzen wiederschenkt
dem zeitlosen

---------

verwundet sind die gefangenen
und du selbst, gefangener

wähltest die höhle frei
zu erzählen vom licht

erinnerungen zu wecken
wach zu halten, die herzen

und so bleibe auch ich
hineingetreten in die zeit

vor der höhle werfe ich
den schatten an die wand

dich zu erinnern, gefangener
dass du frei wähltest, die unfreiheit

so schau genauer die schatten
und diesen einen

ist er anders als die anderen
die klar umrissenen

die scharf in schwarz
sich immer gleichen

ist da ein schatten, einer nur
durch den sich licht hereinbricht

der nicht schwarz ist
und auch nicht scharf

und frage dich: wie kann
ein schatten durchlässig sein

für das licht und warum
ist dieser eine blau

und trägt ein gewand
und ist an den füßen ohne schuhe

erinnere dich, dass wir dies zeichen
uns gaben, bevor du hinabstiegst

schau die schatten und erinnere
die freiheit

----------

wenn dieser eine schatten geht
dann lege sie ab, die fesseln

folge dem vergessenen
das vor der höhle auf dich wartet

die erinnerung zu halten
und auch die herzen

und kehre erneut zurück
ins licht.

## zwischen

die brücke ist
zwischen land und land

das wasser ist
zwischen land und land

der mensch ist
zwischen.

## zellen-lehre

bin ich frei oder unfrei
und wie kann ich wissen

was gefangenschaft
und was freiheit leben ist

----------

wenn in der verwirrung
sich keine antwort zeigt

und die freiheit von unfreiheit
schwer zu unterscheiden ist

hilft der gedanke an gefängnis
und an kloster-zellen

die beide mit ihren wänden
umschließen das leben

und teilen die welt
in ein dort und ein hier

die beide verlangen von mir
in der frühe aufzustehen

und einer arbeit nachzugehen
die mir vielleicht nicht gefällt

----------

was unterscheidet dann
die eine von der anderen?

wenn beide gehorsam fordern
und unterwerfung in allem

wenn beide streng sind
in ihren regeln

und die mitlebenden
nicht freiwillig gewählt

steht es doch dem einen frei
jederzeit hinauszugehen

auch wenn gelobt wurde
standhaft zu bleiben

und dem anderen stellt sich
die frage von gehen nicht

und wenn das noch immer
nicht reicht aus der verwirrung

gehe ich zum fenster
es weit zu öffnen

mich hinauszulehnen
in sonne, wind, regen

das gesicht hinzuhalten
dem himmel, der frei ist

und ihn zu spüren
in allem, was ich bin

----------

und sehe ich den himmel
nur hinter gittern

und kann ihn nicht greifen
begreifen, mit haut und haar

zeigt mir der horizont
wie gefangen ich bin

ohne himmel und weite
und frische luft zum atmen

----------

sitze ich in einem gefängnis
mit dem herzen im himmel
bin ich frei

wie das blau
einer friedenszelle

sitze ich in einem kloster
mit einem herz hinter gittern
bin ich gefangen

mehr als himmel und erde
je unfrei sein können.

**was ist freiheit**

es gibt die freiheit geld zu haben
und die freiheit kein geld zu haben

welche freiheit ist freier?

ohne geld lebe ich
unter freiem himmel
frei der versklavung
von menschengedanken

mit geld lebe ich
unter demselben himmel
frei jederzeit zum betrinken
schnaps zu kaufen

welche freiheit ist freier?

und woher kommt dieser gedanke
des vergleichens, wertens
von gedankenlosigkeit
himmel, versklavung

woher kommen fragmentierungen
fragmente, fragen

und die idee von freiheit...

## schuhe

schuhe
zubinden

knoten
über knoten

schritt
für schritt

schuhe
die niemand braucht.

**the green voice**

barefoot by foot
the grass is growing greener
the cow is looking happier

and: for one moment
you forgot to catch it

the grass, the cow, the look
growing by growing
in footprints of heart

and: now you raised up
to a green one.

## augenblick

barfüßig wächst das gras
schritt für schritt grüner
und die kuh sieht glücklicher aus

für einen augenblick nur
hast du vergessen einzufangen

das gras, die kuh, den blick
und es wächst und wächst
als fußspuren des herzens

wirst du wieder zu dem
was du bist: grün.

## eine verstellung

solange es
eine vorstellung gibt
von heilung
gibt es eine vorstellung
von ungeheiltsein
getrennt, krank, geteilt
nicht ganz, gänzlich
eines

solange es
eine vorstellung gibt
vom nächsten leben
gibt es eine vorstellung
von danach und davor
zeit, tod, sterben, gebären
wiedergeburt, niederkunft
aus dem einen

solange es
eine vorstellung gibt
von erde hier, himmel dort
gibt es eine vorstellung
von fegefeuer, hölle
und erlösung daraus
und ein getrenntsein
von diesem einen.

## glauben und götzen

jedes glaubenskonzept
kann zu einem götzen werden
der angebetet wird

das glaubenskonzept
der arterhaltung wie das
der überbevölkerung

das glaubenskonzept
der familienbande wie das
der heimatlosigkeit

das glaubenskonzept
der haltlosigkeit wie das
der versicherungen

im tod hilft kein götze
und kein konzept
himmel ist himmel

durch das tor der befreiung
ist nur frei zu gehen möglich
ohne gedankengepäck

welchem zweck dient also
das anbeten und festhalten
von glaubenskonzepten?

## huldigungen

nicht nur dem geld und der macht
und dem ansehen und dem körper
wird gehuldigt

alles, was verehrt
und hochgehalten wird
dient als götze der anbetung

auch das denken an sich
und auch die vorstellung von tod
kann ein götze sein

eine idee, das leben zu widmen
dem gedanken: zuflucht
an ein ende

helfen soll er, dieser gott
des todes, erlösen
aus krankheit, alter, not

wenn das leben nicht gelernt ist
als entfaltetsein und zulassen
all dieser gefährten

ist huldigung not.

## sichtweite

die hoffnung
folgt
dem galopp
der pferde

bis zum zaun.

## mond und nacht

der mond bei nacht
ist nicht der mond

die sonne bei tag
ist nicht der mond

der mond bei tag
ist nicht

wenn sonne und nacht
in einem.

## hell und dunkel

helle sonnen sind hell
weil hell sie benannt
wurden, würden
dunkel sie genannt
wären sie dunkel.

## existenzfrage

wenn gott tot ist
und nietzsche lebt
lebt durch nietzsche
auch gott

nichtexistenz
hat keine formen
keine sprache, keine worte
keine gedanken.

**nichtig**

vernichten
ist eines dieser
begrifflichkeiten

die es nicht gäbe, wenn
die vorstellung von nichts
nichtig existierte.

**sich ergeben lassen**

aufgeben das ego
ist sterben

hingeben ans dasein
ist leben

in allem sterben
sich verneigen

in allem leben
sich hinwachsen

lassen zum einen
himmel.

**alpträume**

auch die alpträume
sind aspekte der wahrheit

illusionskörper
die dem lernen dienen

dem entfalten
wachsen

auch die stirn in falten
am morgen danach

und der körper
der starken kaffee verlangt

annehmen lernen

dass all dies
zum menschsein gehört

die faltungen
entfaltungen

und atmen.

## spielballnacht

in heerscharen spielten sich
die dämonen die bälle zu
in der nacht

und der spielball erwachte
zerknautscht und zerledert
am morgen

und die frage erwachte auch
nach einem kaffee und noch
zwei weiteren

----------

wann haben die synapsen
endlich einander bescheid gesagt
dass alle

ja, dass alle! beteiligten
kein spielball sind am morgen
in der nacht

nicht die dämonen, nicht
das erwachen, nicht die frage
die erwachende

ja, dass alle! beteiligten teil sind
des trügerischen traums
vom zerledernden

spiel-ball-spiel

----------

es braucht noch einen kaffee
und zwei weitere.

**was ist echt**

wenn die alten
die haut straffen lassen
sich die haare färben
und falsche zähne tragen

was ist dann noch echt

für die jungen
zu wissen, was alter ist
und lebenserfahrung
und würde und weisheit

wozu also alt werden

wenn die alten
durch ihr verhalten
sich selbst belügen
und die jungen gleich mit

was ist dann noch wahr

für die jungen
zu wissen, was leben ist
kreislauf der natur
und wahrhaftigkeit

wozu also alt werden

wenn das alter
nicht jung ist, nicht schön
und frei an herz und seele
nicht weise und nicht wahr.

**vorfahren**

die fußstapfen
der vorfahren

im herzen
haben tiefe spuren

hinterlassenschaften.

## wandel der zeit

wenn die alten
sich nicht ändern
wollen

was ist dann
den jungen
vorbild?

**tage**

das vergangene
ist das gegenwärtige
die zukunft ist jetzt

die tage zu zählen
ist wie die jahre des lebens
zu ernten

bevor sie reif sind.

**gnädig**

als der same
baum geworden

nahm mir die weisheit
den verstand

das alter ist gnädig.

## körpersein

einen menschen
ans kreuz zu schlagen

selbst wenn er aufersteht
und der körper zu dem wird
was er immer schon war: licht

ist einen körper aus fleisch und blut
der wärme berauben

----------

ja, der himmel ist den heiligen
heilig und licht und friedlich

ja, der frieden ist den weisen
hell und frei und leuchtend

ja, das ewige sein ist den lichten
körperlos, scheinend

und ist allen heiligen, weisen, lichten
sichtbar in erde und zeit
und körperlichkeit

die lehrt linearität
in der zeit ist entstehen
und schlagen und rauben

die lehrt kausalität
mit wenn, dann, ursache, wirkung
auf die kreuzigung folgt tod

die lehrt dualität
mit regeln, die dem leben
orientierung geben

----------

heilige, weise, lichte
respektieren das körpersein
wie es ist: nicht nur licht

und vor allem nicht
eine eierlegendewollmilchsau.

**trauen**

zutrauen
keinen schritt mehr
sagt der verstand

misstrauen
keinen schnitt mehr
sagt das herz

vertrauen
auf schritt und schnitt
herz und verstand.

## hass und liebe

liebe erfährt man
wenn man liebt

hass erfährt man
wenn man hasst

es ist schlichtweg
mathematik.

## ein universum

wir bewegen uns nicht
durch die galaxis
durch das universum hindurch
sondern als universum
als evolution, als schöpfung
als entfaltung, die wir sind
sind wir bewegtsein, entfaltendes
universum, sich weitendes
hinaus breitendes licht
der schöpfung, die jetzt durch uns
schon immer war und immer
sein wird, solange entfaltung
entfaltung ist und wir mit ihr
die evolution gestalt werden
lassen als universum
das wir sind

das wozu und woher, das warum
und wie und wo und wann
sind wie alle fragen gesichter des einen
gestalt in gedankenformen
die wie der frühling sich der sonne
hinstrecken und auch darin
in sich und an sich bewegung sind
und weitendes universum

und all dieses bewegtsein
ist liebe zu nennen möglich
weil auch worte liebe sind
und bewegte entfaltung
bewegende schöpfung
einende, universale
aufweitung von herzen
frühling, galaxien, sternen
gedanken und gedichten

bewegter weg sein lassen
ist anteilnahme
teilsein, teilhaben
im ganzen ganzes sein
lassen, den weg
die bewegung, das
bewegen, bewegtsein

jedes moment ist
gegeben, gabe
gegebenheit
jedes moment ist
entfaltigkeit, viel-
faltigkeit, entfaltung

der mensch ist
wie die blüte am morgen
des ersten frühlings-
tages blühende
schönheit, wahrhaftigkeit
und wie frühlingsboten
bild der hoffnung
regenbogengleiche staunensreiche
illusion, die freude lebendig
werden lässt

und wie diese eine blume
ganz im mittelpunkt des
frühlingserwachens und schauens
steht und zentrum aller welt
des ganzen universums ist
ist es auch der mensch
aus seiner eigenen perspektive
denn jedes ist mittelpunkt:
jedes universum, jeder stern
jede dunkelheit, jede
planetenbahn und eben
auch der mensch, der
eine von vielen squillionen
mitten ist, die sich
hinaus entfalten
weiten, lieben

in den frühling
einer wiederkehrenden
welt mit morgenden
von neubeginn und
bleiben und alten
und zeitenlosigkeit

aus friedenslichtender
gestilltheit.

**das all**

das all
ist nicht nur
für aliens
kosmonauten, astronauten
astrologen
hände, linien
gedankengänge

das all
ist auch
ohne.

## spiegel

in jeder pfütze ist alles
spiegel einer wirklicheren
wirklichkeit

das zarte blau, das am himmel
vergeblich zu suchen und doch
im spiegel den himmel zeigt

in jedem kleinen das große
in jedem schneeball eine welt
jeder kosmos ist unter
dem mikroskop ein weltall
und jeder kosmonaut sieht
die welt von außen und anders
von innen das all mehr noch
als die kleinen gesichtspunkte
auf der erde sich um die eigene
achse drehen

das ego beäugen
pfützen als pfützen niederwerten
die freude des kindes zu belächeln

und den himmel darin
und das all, das blau
das außen, innen, ganze.

**wortloszone**

ich möchte dieses land
in dem ich bin, benennen

zwischenland, nebelwand
finsterniskeitennichts

doch da sind keine namen
nicht einmal mehr das.

**dahinter**

gibt es gott? ja
habe ich als kind gesagt
weil ich glaubte dem ja
weil ich wusste
um das dahinter

gibt es gott? nein
habe ich heute gesagt
weil ich weiß
noch immer weiß
um das dahinter

trugschluss zum schluss
kein ende in sicht
alles ist im wandel
selbst der irrtum
um das dahinter.

## sehen

tag folgt auf tag
leben auf leben
mein ist alles und nichts

sehen heißt
aufstehen im land der gerechten
einstehen, leben, weitergehen

sehen heißt
hellhören im reinen sein
wo ist gott? fragen

wo bin ich? fragen

wer niederkniet am ufer
und sich erhebt aus dem staub
ist rein

sehen heißt
wandeln in pfaden, wegen
weitergehen im licht

sehen heißt
wach leben, an jeder tür
morgen im tag, heute in nacht

ich bin von anbeginn.

## zuhause

eine kapelle
ist ein irdisches
sichtbares zeichen
für das innere
zuhause

hüte ich das licht dort
hüte ich das licht in mir
reinige ich den raum
wache und singe ich
heilige ich den raum in mir
wache und bete ich

erinnere mich
der herkunft, heimat
im ge-heim-nis
das ich, zuhause
bin.

## ruhezeiten I

mitten im weltgetriebe
schlief ich sieben stunden bei nacht
und war den ganzen tag über
nicht wirklich wach, abgesehen
von vielleicht einer halben stunde

mitten im erleuchtungssuchen
übte ich nachts wach zu sein
und war wach tag und nacht
vielleicht jede stunde
nicht mehr als fünf minuten

mitten im friedenleben
lernte ich zulassen, loslassen
und schlief zwölf stunden nachts
und tagsüber war ich wach
zwölf stunden wirklich wach.

## ruhezeiten II

wenn wachheit gegenwart heißt
nicht zukunft, nicht vergangenheit

und gegenwart
ewigkeit heißt

was fragst du dann noch
welchem zweck das dient

dass körper verfallen
und neue körper erstehen

dass seelen ruhezeiten halten
und im erinnern erwachen

probier es aus, wie es ist
tag und nacht wach zu sein!

**wort und klang**

jedes instrument bringt
etwas zur sprache

jeder klangkörper schwingt
auf seine weise

jedes menschenwesen
spricht, klingt

weisheiten
aus wort und klang.

## instrumente

künstler sind instrumente
durch welche musik erklingt

eingestimmt stimmen sie
hörbar das unbestimmte

sind sie verstimmt
klingen sie nicht.

## kunst

kunst ist blut
in die flammen
zu werfen

am rande
der möglichkeiten
zu navigieren

auszuloten
was fleisch ist
was schmerzt

sich hineinzuhalten
dem zwischenraum
dem, was nicht grenzt

neues land
zu betreten
todesmutig

lebensmutig
das herz hinzuhalten
dem unbekannten

das immer auch
hölle, feuer, flammen
sein kann

die hinwegfegen
dasein, leben
kunst

und überleben
diesen randbereich
ist kunstsein.

**wahrheit**

der pinsel
hat farbe gerochen

der maler
den geruch gefärbt

das bild
wurde

verzerrte
wahrheit.

**hirte**

hüte den hirten
die zunge fragt nicht
wolf, schaf, schwarz
das lamm ist blutrot.

**brokat**

das goldene band
flicht sich

in den teppich

brokat wartet nicht
auf den kaiser.

**apfel**

fall nicht aus dem fenster
apfel auf dem sims

ich bin die erde
die nach dir dürstet

wenn du fällst
wo ist mein durst?

**vollkommenheit**

alles
was ist

in der vollkommenheit
ist alles

keine frage
von vollkommen.

**neues**

neue pfirsiche
vertreiben

die alten apfelsorten
aus dem paradies.

## herzenssprache

in den himmel zu springen
heißt die sprache zu verlernen

die von kindesbeinen an
zu denken gelehrt wurde

verlernen, all die begriffe
namen, begrifflichkeiten

die das schlichte sein
das allgegenwärtige dasein

spaltet in ein dort und hier
später, früher, jetzt

freunde, feinde, gegenüber
gut, böse, richtig, falsch

und wie ohne namen leben
ohne all diese benennungen

deutungen, bedeutungen
nichtig und wichtigkeiten

wie ohne sprache verstehen
und bei verstand sein

und sich verständigen
im deutungslosen leben

fragen, die zurückhalten
zu springen in den himmel

der sich nicht im denken
mit worten verständlich macht

sondern im herzen wohnt
mit verständnis für alle

herzen, menschen, zeiten
ohne begrifflichkeiten

schlägt das herz im himmel
das denken in die weite.

**miniatur-weisheit**

ein gipfel-erlebnis
ist noch keine

gebirgskette.

licht-ich

## bin ich lichter

bin ich lichter, weil ich lichte
bin ich lichter, weil ich bin
bin ich sichtbar, weil ich sichte
oder weil ich dichter bin

bin ich heller oder hörer
hör ich heller unerhört
bin ich hörend stiller störer
oder still ich das, was stört

bin ich weiser oder weiter
bin ich weiser, weil ich weit
weit ich selbst die zeit so heiter
oder freit sie mich, die heitre zeit

bin ich wesen oder werben
bin ich werden oder sein
bin ich, bleib ich, auch im sterben
alles, was mir bleibt zu sein

ward geworden zu dem schlichten
weil das lichte schlichten wagt
oder weil es aufhört zu gewichten
und vergisst das wort, das klagt

wie auch immer ich nun bin
fragt das und an jedem ort
fragt das und nach seinem sinn
lichtes und ist niemals fort.